魔法圖書館 ❻
變身美人魚

人物介紹

佳ㄐㄧㄚ妮ㄋㄧˊ

在ㄗㄞˋ海ㄏㄞˇ洋ㄧㄤˊ王ㄨㄤˊ國ㄍㄨㄛˊ遭ㄗㄠ到ㄉㄠˋ黑ㄏㄟ魔ㄇㄛˊ法ㄈㄚˇ師ㄕ攻ㄍㄨㄥ擊ㄐㄧˊ，後ㄏㄡˋ來ㄌㄞˊ又ㄧㄡˋ被ㄅㄟˋ王ㄨㄤˊ子ㄗˇ關ㄍㄨㄢ進ㄐㄧㄣˋ監ㄐㄧㄢ獄ㄩˋ。最ㄗㄨㄟˋ重ㄓㄨㄥˋ要ㄧㄠˋ的ㄉㄜ˙是ㄕˋ，她ㄊㄚ要ㄧㄠˋ努ㄋㄨˇ力ㄌㄧˋ讓ㄖㄤˋ變ㄅㄧㄢˋ成ㄔㄥˊ人ㄖㄣˊ魚ㄩˊ的ㄉㄜ˙妮ㄋㄧˊ妮ㄋㄧˊ在ㄗㄞˋ化ㄏㄨㄚˋ為ㄨㄟˊ泡ㄆㄠˋ沫ㄇㄛˋ前ㄑㄧㄢˊ恢ㄏㄨㄟ復ㄈㄨˋ人ㄖㄣˊ形ㄒㄧㄥˊ。

妮ㄋㄧˊ妮ㄋㄧˊ

為ㄨㄟˋ了ㄌㄜ˙知ㄓ道ㄉㄠˋ尼ㄋㄧˊ奧ㄠˋ的ㄉㄜ˙心ㄒㄧㄣ意ㄧˋ，妮ㄋㄧˊ妮ㄋㄧˊ決ㄐㄩㄝˊ定ㄉㄧㄥˋ喝ㄏㄜ下ㄒㄧㄚˋ能ㄋㄥˊ短ㄉㄨㄢˇ暫ㄓㄢˋ變ㄅㄧㄢˋ成ㄔㄥˊ人ㄖㄣˊ魚ㄩˊ的ㄉㄜ˙魔ㄇㄛˊ法ㄈㄚˇ藥ㄧㄠˋ水ㄕㄨㄟˇ，但ㄉㄢˋ代ㄉㄞˋ價ㄐㄧㄚˋ是ㄕˋ失ㄕ去ㄑㄩˋ重ㄓㄨㄥˋ要ㄧㄠˋ的ㄉㄜ˙東ㄉㄨㄥ西ㄒㄧ……

尼ㄋㄧˊ奧ㄠˋ

生ㄕㄥ活ㄏㄨㄛˊ在ㄗㄞˋ海ㄏㄞˇ洋ㄧㄤˊ王ㄨㄤˊ國ㄍㄨㄛˊ的ㄉㄜ˙人ㄖㄣˊ魚ㄩˊ男ㄋㄢˊ孩ㄏㄞˊ，每ㄇㄟˇ天ㄊㄧㄢ都ㄉㄡ在ㄗㄞˋ祈ㄑㄧˊ禱ㄉㄠˇ下ㄒㄧㄚˋ落ㄌㄨㄛˋ不ㄅㄨˋ明ㄇㄧㄥˊ的ㄉㄜ˙哥ㄍㄜ哥ㄍㄜ˙能ㄋㄥˊ早ㄗㄠˇ日ㄖˋ回ㄏㄨㄟˊ來ㄌㄞˊ。對ㄉㄨㄟˋ佳ㄐㄧㄚ妮ㄋㄧˊ和ㄏㄢˋ妮ㄋㄧˊ妮ㄋㄧˊ姐ㄐㄧㄝˇ妹ㄇㄟˋ中ㄓㄨㄥ的ㄉㄜ˙一ㄧ人ㄖㄣˊ一ㄧ見ㄐㄧㄢˋ鍾ㄓㄨㄥ情ㄑㄧㄥˊ。

山谷魔法師
擁有能讓人變成人魚的魔法藥水。

傳說的人魚
變成精靈的原著主角，會出現在海洋王國的慶典上，幫某個人實現一個願望。

人魚五姐妹
傳說的人魚的姐姐們，負責保護海洋王國。

黑魔法師
想方設法要占領范特西爾的邪惡魔法師。

目錄

汪汪！

幸好這裡離家不遠，我趕快跑回家拿吧！

糟糕，我也沒帶，這下怎麼辦？

請問⋯⋯你們是不是需要撿便袋？

你只要借給我們就好⋯⋯

讓我們來收拾吧！

咻！

沒關係，說不定下次是我要向你們借呢！

小黑，我們走吧！

他真是個好人。

沒錯，熱心又有禮貌。

隔天

妮妮，只是帶毛毛去散步，你為什麼要換衣服？

我不知道要穿哪一件。

兩件都可以啦！

姐姐，這件好，還是那件好？

你是因為可能遇到昨天那個男生，才這麼費心吧？

我……才不是！

說不定是他在等我呢！

你哪裡來的自信？

讓他看魔法之書，當作昨天的報答吧！

絕對不可以！

哇！

第1章

前往海洋王國

撲通！

佳ㄐㄧㄚ妮ㄋㄧˊ和ㄏㄢˋ妮ㄋㄧˊ妮ㄋㄧˊ掉ㄉㄧㄠˋ進ㄐㄧㄣˋ海ㄏㄞˇ裡ㄌㄧˇ了ㄌㄜ。

　　雖然姐妹倆努力往上游，但是一點用都沒有，反而像被什麼東西吸住似的，一直往下沉。

　　正當她們手足無措的時候，魔法之書發出了耀眼的光芒。

　　托米從魔法之書跳出來，把佳妮和妮妮含進大嘴裡，再迅速吐出來。

　　佳妮率先回過神，驚奇的說道：「妮妮，快睜開眼睛，我們可以在海裡呼吸耶！」

　　姐姐的話讓妮妮放心的睜開雙眼。「真的耶！」

　　兩人互看一眼，才發現她們身上穿著托米特製的潛水服。

「托米，謝謝你。」佳妮和妮妮異口同聲說道。

「你們去人魚住的海洋王國看看吧！那裡可能有黃金書籤。」

托米的話讓姐妹倆眼睛一亮。

「這裡就是《人魚公主》故事中的王國囉？」

「姐姐，我們趕快出發吧！」

佳妮牽著妮妮，往海底前進。

「我們會不會潛得太深了？」

雖然佳妮很擔心，但妮妮還是繼續潛入更深的海中。沒過多久，她們就看到一座由五彩繽紛的珊瑚所組成的庭院，裡面有各式各樣的海洋生物悠游其中。

「姐姐，你看那裡！」

在珊瑚庭院的角落，有一位雙手合十的人魚男孩。他背對著佳妮和妮妮，似乎在祈禱。

　　「是真的人魚！」

　　佳妮和妮妮仔細觀察這位有著紫色頭髮和魚身的人魚男孩，從他的身

形看來，年紀應該比佳妮小，但是比妮妮大。

　　人魚男孩對著巨大貝殼虔誠的祈禱，雖然佳妮和妮妮想上前搭話，卻不好意思打擾他。

　　這時候，人魚男孩的周圍突然冒出黑色煙霧，接著他的背後出現一個披著黑色披風的人影。奇怪的是，黑色人影的臉只有一團黑煙似的東西。

「故事裡有這樣的角色嗎？」

　　　「沒有，而且他既不是人魚，
　　　　也不是海洋生物。」

「他身後有個黑洞，和上次在安妮
　　　家倉庫看到的很像……」

　　　　「是黑魔法師！」

　　佳妮和妮妮嚇了一跳，趕緊躲到岩石後面，幸好黑魔法師沒有發現她們，而是逐漸靠近人魚男孩。

「你好，我正在祈禱。」人魚男孩回答。

黑魔法師繼續追問：「你有什麼願望嗎？」

「我希望下落不明的哥哥能早日回來。」

黑魔法師臉上的黑煙裡，燃起了兩團火光。「我可以幫你。」

人魚男孩聽到這句話後，抬頭驚喜的看向黑魔法師。「真的嗎？」

黑魔法師朝人魚男孩伸出手，黑煙隨即籠罩人魚男孩全身。「只要有了黃金書籤……」

「咳咳咳！」

眼看人魚男孩就要被黑魔法師施展魔咒的瞬間——

「不行！」

妮妮大喊著，並從石頭後面跑出來，奔向人魚男孩。佳妮也快步跟上，兩人合力把人魚男孩從黑煙裡拉出來。

「難道你們就是一直妨礙我得到黃金書籤的旅行者？這次我不會再讓你們得逞了！」

黑魔法師的手邊出現一陣陣漩渦，接著直直飛向佳妮和妮妮。

佳妮張開雙手保護妮妮，但仍然無法抵擋黑魔法師的攻擊，兩人被捲進漩渦，飛得遠遠的。

　　黑魔法師再次朝人魚男孩
伸出手。

　　人魚男孩急忙說道：「等等！黃
金書籤可能在山谷魔法師那裡。」

　　「很好，只要有黃金書籤，我隨
時可以幫你找回哥哥！」

　　黑魔法師說完就消失了。

第2章
人魚男孩

　　灼熱的陽光照在身上，耳邊是嘰嘰喳喳的鳥叫聲，妮妮緩緩睜開眼睛，一起身就發現佳妮倒在旁邊。

　　「姐姐，快醒醒！」

　　佳妮撐住身體坐起來，和妮妮一起環顧四周，卻看到人魚男孩一動也不動，倒在不遠處。

26

　　姐妹倆趕緊跑向人魚男孩。

　　「你沒事吧？」

　　佳妮輕拍人魚男孩的肩膀，但是
他沒有任何反應。

「他和我們一樣被黑魔法師攻擊了嗎？」

「姐姐，在電影和電視劇裡，這種時候經常用一個機器……」

「你是說自動體外心臟去顫器？不行，我們沒有學過使用方法，太危險了！」

「那要怎麼辦？還有其他方法嗎？」

「傷腦筋，用海水潑他也沒醒來……」

「他是不是需要乾淨的水？我去找，姐姐在這裡看著他。」

「妮妮，不要用跑的，小心一點！」

「呃……」

「你醒了？太好了！你沒事吧？」

「我沒事，只是帶你們游到岸邊時花了太多力氣。倒是你們，沒事吧？」

「我們沒事，謝謝你救了我們。」

「我才要謝謝你們，否則我早就被黑魔法師下魔咒了。」

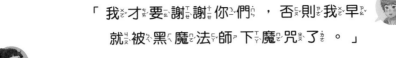

「對了，你知道黃金書籤嗎？它可能在海洋王國裡。」

「我不知道它在哪裡，但是為了引開黑魔法師，我騙他黃金書籤或許在山谷魔法師手上。」

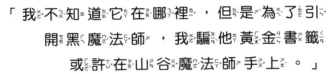

「這麼一來，山谷魔法師不就有危險了嗎？」

「別擔心，山谷魔法師很厲害，一定會反過來教訓黑魔法師。」

「原來如此，你真機靈！」

「多虧你出聲阻止黑魔法師對我施展魔咒，你是我的救命恩人！」

「呃⋯⋯那個人其實不是我⋯⋯」

「我該怎麼報答你呢？對了，我唱人魚之歌給你聽吧！聽了它，不管到哪裡都會獲得好運。」

「你有聽我說話嗎？該聽這首歌的人不是我⋯⋯」

有位人魚孤零零的等著你，每晚守在岸邊，只為了看你一眼。在一天天過去的日子裡，只有約定隨風飄揚。

好聽卻極度悲傷的人魚之歌，讓佳妮不自覺的紅了眼眶。這時候，人魚男孩緩緩開口——

「我好像喜歡上你了。」

佳妮的心跳彷彿漏了一拍。「我們才認識沒多久耶！」

「喜歡的心情和認識時間的長短無關，希望以後每當你聽到這首歌時，都能想起我。」

人魚男孩剛說完，海上便打來一陣很大的浪花，當浪花退去後，人魚男孩已不知去向。

佳妮呆望著人魚男孩消失的地方，不知過了多久，妮妮笑咪咪的拎著水桶回來了。

「人魚男孩呢？」

佳妮指著大海。「他在你去提水的時候走掉了。」

　　「真ㄓㄣ可ㄎㄜˇ惜ㄒㄧˊ，我ㄨㄛˇ還ㄏㄞˊ想ㄒㄧㄤˇ和ㄏㄜˊ他ㄊㄚ當ㄉㄤ朋ㄆㄥˊ友ㄧㄡˇ呢ㄋㄜ！」妮ㄋㄧˊ妮ㄋㄧˊ失ㄕ望ㄨㄤˋ的ㄉㄜ說ㄕㄨㄛ著ㄓㄜ。

　　佳ㄐㄧㄚ妮ㄋㄧˊ想ㄒㄧㄤˇ了ㄌㄜ想ㄒㄧㄤˇ，決ㄐㄩㄝˊ定ㄉㄧㄥˋ不ㄅㄨˋ要ㄧㄠˋ把ㄅㄚˇ剛ㄍㄤ才ㄘㄞˊ發ㄈㄚ生ㄕㄥ的ㄉㄜ事ㄕˋ告ㄍㄠˋ訴ㄙㄨˋ妮ㄋㄧˊ妮ㄋㄧˊ。

　　「妮ㄋㄧˊ妮ㄋㄧˊ，你ㄋㄧˇ餓ㄜˋ嗎ㄇㄚ？我ㄨㄛˇ們ㄇㄣ去ㄑㄩˋ附ㄈㄨˋ近ㄐㄧㄣˋ的ㄉㄜ市ㄕˋ集ㄐㄧˊ買ㄇㄞˇ東ㄉㄨㄥ西ㄒㄧ吃ㄔ吧ㄅㄚ！」

「我們從魔法之書拿點心出來，在這裡邊吃邊等人魚男孩吧！說不定很快就能再遇到他。」妮妮說道。

妮妮不想放棄的模樣讓佳妮於心不忍，於是想轉移妮妮的注意力。突然間，她發現海岸另一端停靠了一艘很豪華的大船。

「妮妮，魔法之書借我一下。」

佳妮從魔法之書拿出望遠鏡，發現船上燈火通明，還聚集了很多人。

「妮妮，那裡好熱鬧，一定有許多誘人的美食。」

美食讓妮妮想再見到人魚男孩的決心動搖了。

「那我們去看看吧！」

兩人手牽著手，跑向遠方的大船。

第3章　王妃的生日派對

咻——砰！砰砰砰！

　　燦爛的煙火在夜空中綻放，沙灘王國的王子和王妃站在甲板上，被數不清的人們包圍。

　　「祝王妃殿下生日快樂！」

　　船上的眾人齊聲喊道，接著樂隊演奏悅耳的音樂，舞者則隨著樂曲翩

翩翩起舞。

「感謝各位的祝福，請大家盡情享受，希望你們擁有一段美好的時光。」王妃對所有的人說道。

佳妮和妮妮混進人群中，津津有味的吃著各式各樣的美食，這時候，她們聽到旁邊的人正在聊天。

「等一下人魚們會來唱歌，祝福王妃生日快樂。」

「那可是非常珍貴的表演呢！」

「沒錯，因為人魚不會隨便唱歌給別人聽。」

佳妮想起唱歌給自己聽的人魚男孩。「我應該要問他的名字才對……」

此時，妮妮忽然指著船上的另一端，那裡的人們正享用著精緻且豐盛的山珍海味。

「姐姐，你看那裡，好像和這裡擺放的食物不一樣耶！」

「那裡的人都是貴族，吃的料理當然和我們這些平民不同。」坐在佳妮旁邊的叔叔解釋給兩人聽。

聽完叔叔的話，妮妮在佳妮耳邊說起悄悄話，接著姐妹倆發出會心一笑。

派對仍在繼續，但是在船上廚房的出入口前，出現了兩道可疑的人影，正是佳妮和妮妮。

　　妮妮小聲的說：「我們只是來了解貴族和平民吃的料理有什麼不同。」佳妮也點頭附和。

　　兩人將門打開一道小小的縫隙，探出了頭。

廚房裡沒有人，廚師們似乎都做
完料理，到外面參加派對了。

　　佳妮和妮妮走向散發甜蜜香氣
的桌子，那裡擺滿了提拉米蘇、馬卡
龍、蛋塔、布丁、鬆餅等甜點。

　　「派對進行了那麼久，這些食物
應該是剩下來的吧？」

　　佳妮說完便把一塊馬卡龍放進嘴
裡，然後和妮妮一起大快朵頤。

　　這時候，廚房的門突然被用力推開，同時傳來宏亮的聲音。

「你們在做什麼？」

　　嘴裡塞滿甜點的佳妮和妮妮被這聲大吼嚇得愣在原地，動彈不得。

　　廚師迅速跑到桌子旁，看著幾乎被姐妹倆吃光的甜點而勃然大怒。

「你們竟然把準備獻給王妃殿下的甜點吃光了！」

「對不起，我們以為這些是剩下的食物，才會……我們願意賠償，請原諒我們！」

佳妮和妮妮鞠躬道歉，但是廚師的怒火依然無法平息。

「你們要怎麼賠？這些甜點是我們特地為王妃殿下準備的，是我們的心血結晶啊！」

廚師的怒吼聲引來看守的侍衛們的注意，他們立刻衝進廚房。

「發生什麼事了？」

「這兩個孩子吃了要獻給王妃殿下的甜點，趕快把她們抓起來！」

侍衛們臉色大變，準備逮捕佳妮和妮妮。眼看情況不妙，佳妮指著廚房的一處角落大喊。

「誰在那裡？」

趁廚師和侍衛們的目光移向角落時，佳妮一把抓起妮妮的手。

「快跑！」

發現被騙的廚師和侍衛們趕緊追捕佳妮和妮妮。

嗟嗟嗟！

身形嬌小的佳妮和妮妮靈活的穿越甲板上的人群，到了船尾，卻發現無路可逃，眼看廚師和侍衛們就要追上來了……

「姐姐，怎麼辦？」

「我也不知道……」

就在兩人進退兩難的時候，海上傳來了悅耳的歌聲。

沙灘王國的美麗女子啊！
在這個美妙的月夜，
我們用歌聲為你獻上祝福！

原來是人魚們來為王妃祝賀生日了，這讓佳妮靈機一動。

「妮妮，你相信姐姐吧？」

「當然！」

「我們游到海岸的另一端吧！」

佳妮抓住妮妮的手。

「1、2、3，跳！」

這⟨ㄓㄜˋ⟩時⟨ㄕˊ⟩候⟨ㄏㄡˋ⟩，有⟨ㄧㄡˇ⟩兩⟨ㄌㄧㄤˇ⟩隻⟨ㄓ⟩粉⟨ㄈㄣˇ⟩紅⟨ㄏㄨㄥˊ⟩色⟨ㄙㄜˋ⟩的海⟨ㄏㄞˇ⟩豚⟨ㄊㄨㄣˊ⟩從⟨ㄘㄨㄥˊ⟩海⟨ㄏㄞˇ⟩裡⟨ㄌㄧˇ⟩往⟨ㄨㄤˇ⟩空⟨ㄎㄨㄥ⟩中⟨ㄓㄨㄥ⟩跳⟨ㄊㄧㄠˋ⟩躍⟨ㄩㄝˋ⟩，佳⟨ㄐㄧㄚ⟩妮⟨ㄋㄧˊ⟩和⟨ㄏㄜˊ⟩妮⟨ㄋㄧˊ⟩妮⟨ㄋㄧˊ⟩趁⟨ㄔㄣˋ⟩機⟨ㄐㄧ⟩坐⟨ㄗㄨㄛˋ⟩上⟨ㄕㄤˋ⟩牠⟨ㄊㄚ⟩們⟨ㄇㄣˊ⟩的背⟨ㄅㄟˋ⟩，才⟨ㄘㄞˊ⟩沒⟨ㄇㄟˊ⟩有⟨ㄧㄡˇ⟩掉⟨ㄉㄧㄠˋ⟩進⟨ㄐㄧㄣˋ⟩海⟨ㄏㄞˇ⟩裡⟨ㄌㄧˇ⟩。

哇啊啊！

佳妮十分害怕，雙手緊緊抱著海豚的鰭，而妮妮則因為感到有趣，露出開心的笑容。接著，她發現海面上有個熟悉的身影。

「姐姐，你看！」

人魚男孩朝兩人揮手。

「一定是他救了我們！」妮妮興奮的說著。

海豚載著佳妮和妮妮來到海岸的另一邊。

「謝謝你們，放我們下來吧！」佳妮輕摸海豚的頭，表示謝意。

妮妮一從海豚身上下來，就對著海洋大喊：「謝謝你，多虧你，我們得救了！」

「妮妮，其實我們並沒有得救……」

佳妮輕拉妮妮的手臂，恐懼的看著正衝向她們的侍衛們。

　　佳妮和妮妮被侍衛們關進沙灘王國的懸崖監獄，而且是當中最深處的牢房。這座以陡峭的懸崖改建而成的監獄，據說是范特西爾眾多王國中最可怕的。

　　妮妮踮起腳尖，從牢房的鐵窗往外看，卻只能看到天空和海洋，其他什麼也看不到。

　　「姐姐，我們該怎麼辦？」

　　在伸手不見五指的黑暗中，佳妮一邊摸索四周，一邊回答妮妮的問題。「別擔心，就像我們在奇幻國救了白兔一樣，一定能找到逃出這裡的方法。」

　　突然間，佳妮的眼睛一亮。「這裡有個東西！」

「那是什麼？」妮妮好奇的湊到佳妮身旁。

牢房內唯一的光源是從鐵窗外流洩進來的月光，佳妮拿著那個東西走向鐵窗，然後定睛一看——那是一個人類的頭顱骨！

大驚失色的姐妹倆立刻丟下骷髏，害怕得躲到角落，縮成一團。

「你們真吵啊！」

牢房內忽然傳來一陣低沉的聲音，佳妮鼓起勇氣詢問：「你是誰？」

「還有誰！當然是這座懸崖監獄的幽靈囉！」

那個聲音似乎是笑著說這句話，卻讓佳妮和妮妮嚇得緊抱住彼此。

這時候，監獄走廊上的火光突然亮起，接著傳來侍衛們的聲音。

「王子駕到！」

王子走到佳妮和妮妮的牢房前，監獄管理員趕緊打開門。王子一走進來，就居高臨下看著身體縮成一團，坐在角落的姐妹倆。

「這兩個女孩就是從現實世界來的旅行者？看起來和我們一樣，沒什麼特別啊！」王子挑著眉，嗤之以鼻的說著。

「據女孩們表示，她們是為了尋找黃金書籤而來到這裡，剛好碰上王妃殿下的生日派對……」

49

王子似笑非笑的說道：「我知道，我是親自來看看她們的臉，並宣布對她們的懲罰。」

佳妮焦急的求情。「對不起，我們不是故意……」

「你們還敢狡辯！」

王子憤怒的打斷佳妮的話，讓姐妹倆嚇得全身發抖。

「即使你們是為了拯救范特西爾而來到這裡，也不代表你們可以為所欲為。」

「真的很抱歉……」

王子揮揮手，阻止佳妮說下去。「因為你們，王妃的生日派對都毀了！」

「我們願意賠償，也願意彌補，請原諒我們！」

「我才不稀罕你們的賠償和彌補，你們就一輩子待在懸崖監獄吧！」

王子和侍衛們一起離開後，監獄管理員鎖好門也離開了，牢房又恢復之前的安靜。

　　「那位王子真是霸道！」從抵達范特西爾就沒休息過，疲倦的妮妮忍不住躺在地上。

　　「我們的確做錯了，但是有必要這麼嚴屬嗎？」佳妮的心情十分低落，也忘了她們還有魔法之書可以幫忙。

　　就在這時候，監獄外面傳來了歌聲。

　　有位人魚孤零零的等著你，
　　每晚守在岸邊，
　　只為了看你一眼。

　　妮妮猛然起身跑到鐵窗前，然後轉頭問佳妮：「姐姐，你有聽到歌聲嗎？」

　　佳妮茫然的搖搖頭。

「　這是那位人魚男孩的歌聲嗎？」

「我不知道……」

「他是擔心我才來的吧！」妮妮高興的說。

「那位人魚男孩是不是喜歡我呢？自從我救了他之後，他就一直出現在我們身邊。一開始，我以為他是要表達謝意，但是每當我們陷入危險時，他就會及時出現……一定是這樣！」

妮妮滔滔不絕的對佳妮說出自己的想法，卻讓佳妮越聽越不安。

佳妮溫柔的說道：「妮妮，我們不知道那位人魚男孩的心意，先不要想這麼多。」

沒想到佳妮善意的提醒一點效果都沒有。

妮妮雙手握拳，說話的音量更大了。

「為了確認人魚男孩的心意，也為了尋找黃金書籤，我要再去一次海洋王國。」

妮妮神采奕奕的說著，佳妮卻更加憂愁。

「可是我們要怎麼離開這裡呢？」

佳妮才剛說完這句話，令人害怕的幽靈聲音就再次響起。

「你們要去海洋王國？」

咿呀咿呀咿呀咿呀咿呀！

姐妹倆大驚失色，忍不住放聲尖叫。

　　妮妮鼓起勇氣詢問：「你真的是幽靈嗎？」

　　「我不是幽靈，這裡也不是監獄，而是那位王子用來收藏怪物的博物館。」

　　佳妮和妮妮緊抓住彼此的手，妮妮接著問：「什麼意思？」

　　「那位王子喜歡收集各地稀有的怪物，再把牠們關進這座監獄裡。」

　　這時候，佳妮感覺頭上有水滴下來。「好冰！」

　　佳妮打開手機的手電筒，往頭上一照，看到天花板的角落破了一個大洞，然後妮妮發現……

　　「姐姐你看，是人魚的尾巴！」

一一條巨大的人魚尾巴從天花板的
破洞垂下來，尾巴末端還滴著水珠，
但是人魚的上半身被隱藏在黑暗中，
看不清楚。

「如果你們答應我的請求，我就幫
你們逃出去。」

「什麼請求？」

「接住這個。」

「用貝殼做成的項鍊？」

「海洋王國有一座由珊瑚組成的庭
院，請把那條項鍊掛在庭院一角
的粉紅色珊瑚上。」

「這是很重要的東西嗎？」

「這是我弟弟送給我的項鍊。」

「你弟弟也是人魚嗎？」

「你的家人知道你被
關在這裡嗎？」

「你們不需要知道那麼多。總之，
比起監獄裡的其他人，你們似乎
更值得相信，我才拜託你們。」

「我知道了，那你要怎麼
幫我們逃出去呢？」

「我可以告訴你們離開監獄的方
法，逃出去之後可以去找山谷魔
法師，請她讓你們變成人魚，你
們就能前往海洋王國了。」

「有方法可以離開監獄嗎？」

「牢房內有鐵窗的那面牆壁看起來
很普通，其實隱藏著機關。」

「什麼機關？」

「每天晚上 12 點到 12 點 1 分的 1 分
鐘內，只要解開出現在牆壁上的
謎題，鐵窗的柵欄就會暫時消
失，可以從那裡逃出監獄。」

「你知道謎題是什麼嗎？」

「我不知道。那面牆壁好像有生命
似的，每天出的謎題都不一樣，
但我確定解開謎題的關鍵是找出
范特西爾中人物的名字。」

「姐姐，再過幾分鐘就
是晚上 12 點了！」

12點一到，正如幽靈人魚所說，那面牆壁像有生命似的動了起來，接著浮現出許多文字。

阿	巴	瑟						夫	赫	帽
犄	吉	奧						安	妮	子
塘	毛	靈						哈	姨	先
稻	龐	貝						斯	山	生
草	利	卡	葛	西	達	彼	艾	庫	白	獅
人	燈	小	大	巨	得	王	紅	魔	斯	納
錫	樵	夫	仙	潘	草	羊	桃	樂	緯	克
吉	鶯	喬	派	子	瑪	風	拉	阿	鐘	馬
木	安	波	圖	伯	叮	樂	白	拉	修	蟲
金	娜	特	沙	絲	兔	噹	基	丁	茜	國
愛	麗	緯	巴	德	魯	布	杜	爾	依	蒂

「姐姐，那裡有『阿拉丁』！」

雖然姐妹倆認真的尋找人物名字，時間卻無情的不斷流逝。

妮妮擔心的說：「我們已經找到9個人物的名字了，但是鐵窗的柵欄還沒消失！」

佳妮也很焦急。「距離12點1分只剩下不到10秒了，答案到底有幾個？」

這時候，妮妮開心的大叫：「我找到『安妮』了！」

當妮妮按下「妮」的瞬間，鐵窗的柵欄就消失了。

砰！

「我們成功了！」姐妹倆興奮的大喊。

妮妮在佳妮的幫助下率先爬出鐵窗，當佳妮準備爬出窗外時，幽靈人魚的聲音再次傳來。

「那條項鍊就拜託你們了。」

「如果是這麼珍貴的東西，你要不要親自送過去呢？和我們一起走吧！」

佳妮試圖勸幽靈人魚和她們一起離開，卻只聽到天花板破洞處傳來沉重的嘆息聲。

「不，我背叛了海洋王國，也深深傷了弟弟的心，我沒有臉回去。」

幽靈人魚說完，尾巴也隨即消失在黑暗裡，佳妮只好打消主意。

姐妹倆一到外面，牢房鐵窗的柵欄就立刻出現。沿著峭壁的邊緣有一條狹窄的路，佳妮和妮妮小心翼翼的移動腳步，終於離開懸崖監獄，抵達海邊。

妮妮往大海一看，馬上用手指著不遠處。「姐姐，你看那裡！」

在平靜無波的海面上，人魚男孩正朝著佳妮和妮妮揮手。

人魚男孩游到佳妮和妮妮身邊。

　　「太好了，你們平安逃出來了！我真的好擔心，還以為再也見不到你們了！」

　　佳妮和人魚男孩的眼睛對上後，他的臉突然變紅，接著結結巴巴的說：「我知道……這是我們最後一次見面……」

「為什麼？」妮妮好奇的問。

「因為我有了喜歡的人……」

「然後呢？」妮妮催促人魚男孩回答。

「但是我不能喜歡她，所以……總之，你們平安就好，我走了，再見！」人魚男孩匆匆說完就準備離開。

 # 等一下！

「姐姐，怎麼了？」

「請問你知道黃金書籤在哪裡了嗎？沙灘王國的人好像都不知道。」

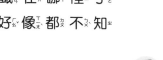
「我猜黃金書籤在傳說的人魚手上，她曾經是人魚公主，後來變成精靈了。」

「傳說的人魚在海洋王國嗎？」

「不，她不在我們王國。」

「那要去哪裡才能找到她？」

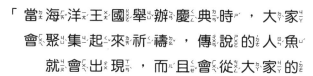
「當海洋王國舉辦慶典時，大家會聚集起來祈禱，傳說的人魚就會出現，而且會從大家的願望中選一個實現。」

「對了，你喜歡的人是……」

「我要走了！」

「等等，我還沒說完！」

「妮妮，他已經離開了。」

「你喜歡我吧？我知道喔！」

妮妮揮著手大喊，但是人魚男孩沒有出現。

「我想聽你說出來啊……」

佳妮抱住哭泣的妮妮，感到十分心疼。

第6章

尋找山谷魔法師

　　根據幽靈人魚的指示，佳妮和妮妮來到了沙灘王國邊境的森林裡，尋找住在山上的山谷魔法師，請她讓姐妹倆變成人魚。

　　「妮妮，我再說一次，我們去海洋王國，不是為了見那位人魚男孩，知道了嗎？」

　　「我知道，不過見到人魚男孩這
件事也很重要。」妮妮嘟著嘴，但想
起人魚男孩又笑了起來。

　　看到妮妮一心掛念人魚男孩，佳
妮非常擔心她之後會因此心碎。

　　「妮妮，你見到他又能怎樣呢？
這裡是范特西爾，我們是從現實世界
來的旅行者。」

「我沒有要怎樣，我只是想知道他的心意。」妮妮不甘心的回嘴。

為了不讓狀況變得更糟，佳妮故意冷漠的說：「人魚男孩喜歡的是我，你趕快忘記他吧！」

「騙人！你是因為嫉妒才說謊吧？」

妮妮氣憤的甩開佳妮的手，拔腿往山裡跑。

「妮妮，等等！」

妮妮的身影消失在茂密的樹林間，佳妮一邊呼喊，一邊追上去。

即使只能早一點點，妮妮也想趕快變成人魚去海洋王國，所以腳步更加急迫。不知不覺間，她和佳妮之間的距離也越來越遙遠。

當妮妮想回頭確認走了多遠時，已經看不到佳妮的蹤影了。手機在范特西爾無法使用，妮妮不知道怎麼聯絡佳妮，只好在林間大聲呼喊，希望她能聽見。

「姐姐，你在山下等我，我找到山谷魔法師後就回去。」

然而，樹林裡依舊靜悄悄的，沒有任何佳妮的回應。無計可施的妮妮決定先找到山谷魔法師，於是默默複誦幽靈人魚說的話。

「山谷魔法師的家在藍色樹木旁邊，是一間有著藍色屋頂的小屋……」

當妮妮抵達有著藍色樹木與藍色屋頂的小屋時，正好有一位身穿披風的女士從房子裡走出來。

「是的，但你怎麼知道呢？」

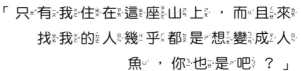
「只有我住在這座山上，而且來找我的人幾乎都是想變成人魚，你也是吧？」

「沒錯。」

「沒問題，我可以給你變成人魚的魔法藥水，但是一天後你就會變回人類。」

「太好了！」

「不過世界上沒有免費的東西，你要用什麼和我交換呢？」

「我想想想……」

「你要給我開朗的笑容嗎？還是不會輕易放棄的勇氣呢？」

「對了，我有一本神奇的書。」

「你是說裡面偶爾會夾著漂亮書籤的那本書嗎？」

山谷魔法師緊盯著妮妮的眼睛，接著妮妮的身體突然失去力氣，意識也變得模糊。

山谷魔法師把手伸進妮妮的包包，妮妮不但沒有阻擋，還溫順的回答她的問題。

「對……已經收集5個了……」

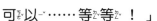

「雖然還不夠，但勉強可以……等等！」

「怎……麼了？」

「書在哪裡？包包裡什麼都沒有啊！你想騙我嗎？」

「對不起……我沒有騙你……我以為它在包包裡……」

「哼！那你要給我什麼？視力、頭髮、自信……如果想變成人魚，就必須拿東西和我交換。」

　　魔法師低沉的聲音不停在耳邊迴盪著，於是妮妮決定……

試圖追上妮妮的佳妮卻在森林裡迷路了，她只好沿著原路走回出發的地方，一一來一一回的遙遠路程讓她雙腳發軟，癱坐在地上。

「妮妮找到山谷魔法師了嗎？如果對方是個怪人該怎麼辦？」

佳妮越想越擔心，她擠出僅剩的一點力氣，從地上站起來。

「不知道是幸運還是不幸，魔法之書在我這裡呢！」

佳妮拿著在森林裡和妮妮吵架時，從妮妮包包裡掉出來的魔法之書，然後從書中取出巧克力，補充流失的體力。

「妮妮一定也很餓⋯⋯」

不放心妮妮的佳妮再次走進森林，尋找妮妮和山谷魔法師。但是她的身體因為疲倦而變得沉重，每一步都走得很吃力，於是她靠著樹木坐下休息，卻在不知不覺間慢慢閉上眼睛，睡著了。

第7章　變成人魚的妮妮

我去海洋找到黃金書籤

　　清晨，太陽緩緩從沙灘王國海邊的水平線上升起，掛著露珠的樹葉和小草閃耀著光芒，而妮妮的身影也在此時出現在沙灘。

　　「終於到了！」

　　妮妮在沙灘上伸了個懶腰，然後用撿來的樹枝在沙地上寫下給佳妮的留言。

王國了，
再回來。

　　妮妮先把幽靈人魚請託的貝殼項鍊掛到自己的脖子上，接著喝下山谷魔法師給她的變身藥水。

　　沒一會兒，妮妮感到一陣天旋地轉，眼前一黑，就失去了意識。

嘩啦啦！嘩啦啦！

感覺臉頰溼溼的，妮妮才緩緩醒來，當她準備像平常一樣站起來的時候，卻發覺自己的身體有點奇怪。

哇啊！
我真的變成人魚了！

　　剛《好》海》上《打》來》一一陣》大》浪》，妮》妮》便》跟《著》浪》花》前》進》。

　　「好》厲》害》！我》可》以一呼》吸工，可》以一說》話》，還》可》以一游》得》很》快》！」

　　妮》妮》興工奮》的》左》右》轉》圈》、前》後》游》

動，即使鯊魚朝她靠近，妮妮一點也不害怕，因為她游得比鯊魚快多了。

妮妮根據記憶，找到她們剛抵達范特西爾時就到過的珊瑚庭院。雖然庭院裡有五彩繽紛的各式珊瑚，但粉紅色的珊瑚卻只有一株，於是妮妮把幽靈人魚請託的貝殼項鍊掛在這株珊瑚上。

「這樣就可以了。」

妮妮才轉過身——

「媽呀！嚇我一跳！」
「哇啊！嚇死我了！」

妮妮和人魚男孩分別撫著自己怦怦跳的心臟，等待情緒平靜下來。

人魚男孩驚訝的看著妮妮。「你明明是人類，怎麼會……」

妮妮俏皮的笑了笑。「多虧魔法藥水的力量，我變成了一天限定的人魚。」

妮妮說完後，還擺了擺尾巴，人魚男孩則不敢置信的眨了眨眼睛。

妮妮率先詢問：「你叫什麼名字？你每次都突然消失，我都沒來得及好好和你說話。」

　　「我的名字是尼奧。」

　　「你好，我是妮妮，我和姐姐佳妮是從現實世界來的旅行者。」

　　尼奧忽然指著粉紅色珊瑚，臉上露出難以置信的表情。「這串貝殼項鍊是你掛上去的嗎？」

　　看到妮妮點頭，尼奧焦急的追問：「這是我哥哥的項鍊，你見過他了嗎？」

　　「真的嗎？也就是說……」

　　妮妮剛說完懸崖監獄和在那裡遇見幽靈人魚，以及他請託姐妹倆將項鍊掛在粉紅色珊瑚上的事，尼奧的眼淚就一滴滴的落下。

　　「我哥哥的名字叫做馬魯，他喜歡乘著浪花，到沙灘上觀察人類的世界。」

有一天，馬魯對一位人類女孩一見鍾情，於是下定決心變成人類。他曾說要去找山谷魔法師，但是在那之後就沒有任何消息了。

　　「這條項鍊是送給哥哥的生日禮物，是我親手做的。」

　　尼奧把貝殼項鍊靠在臉龐，因為思念馬魯而哭了起來。

「別擔心，你哥哥沒事，只是被關在怪物博物館裡。」

「太好了！不過……怪物博物館是怎麼回事？」

「那座懸崖監獄其實是王子用來收藏怪物的博物館，雖然我只看到尾巴，但你哥哥的聲音真的很像怪物。」

「我哥哥才不是怪物，一定是有什麼誤會，我要去救他！」

「你哥哥說自己背叛了海洋王國，還傷了你的心，所以他沒有臉回來。」

「我哥哥沒有背叛海洋王國，他也一直是我最敬愛的哥哥！」

「在你們沒見面的這段期間，他說不定真的變成怪物了，才會不敢回來。」

「你怎麼可以說出這
麼過分的話！」

「我只是不想讓你白費力氣，才實
話實說。」

「你也有姐姐，應該能明白我見不
到哥哥的傷心吧！」

「那是你們的事，又不會發
生在我和我姐姐身上。」

「夠了！妮妮，我沒想到你這麼冷
漠無情！」

尼奧氣沖沖的離開，妮妮趕緊追
上他。

「等等，我有個問題要問你。」

尼奧不情願的轉身看向妮妮。
「什麼事？」

妮妮緊張的深呼吸了幾次。「你
是不是喜歡我，才一直來幫我們？」

聽了妮妮的話，尼奧的表情突然變得很僵硬。

妮妮繼續說道：「其實我也喜歡你，才變成人魚來找你。」

「對不起，你誤會了，我喜歡的人……不，我曾經喜歡的人不是你，而是佳妮。」

「騙人！你是因為我剛剛說錯話，生氣了才這樣說嗎？」

尼奧搖搖頭。「不，和那件事沒關係。我從一開始就喜歡佳妮，不過我已經決定不再喜歡她了，因為我不想變得和哥哥一樣。」

妮妮怎麼也沒想到佳妮在森林裡說的不是謊話，一直以來都是自己誤會了。但奇怪的是，她覺得自己應該會很難過，實際上卻一點心痛的感覺都沒有。

「好奇怪，平常的我應該會嚎啕大哭，可是我現在既不悲傷，也流不出眼淚。」

這時候，妮妮想起自己對山谷魔法師說過的話——

「我把眼淚給你，沒有眼淚對我來說應該沒關係。」

　　作為得到變身藥水的代價，妮妮給山谷魔法師的東西就是眼淚，她因此失去了悲傷的情緒，才會對尼奧和他哥哥的故事毫無感覺，並且說出冷漠無情的話。

直到此時，妮妮才發現自己以為失去也無所謂的眼淚，竟然讓她受到這麼大的影響。突如其來的真相讓妮妮非常震驚，腦袋忽然感到一陣暈眩。

　　發現妮妮的狀況不對勁，尼奧趕緊上前扶住她。

　　雖然驚覺事態嚴重，但妮妮仍然無法感到難過，只是平靜的對尼奧說了自己用眼淚和山谷魔法師交換變身藥水的事。

　　當尼奧準備開口時，巨大的聲響打斷了他。

咚咚！砰砰！
砰砰砰！咚咚咚！
海洋王國的人魚們快集合，
慶典要開始了！

　　接著，遠方傳來人魚們歡樂的歌聲，珊瑚和小魚們也隨著音樂搖擺起來。

第8章 尋找妮妮

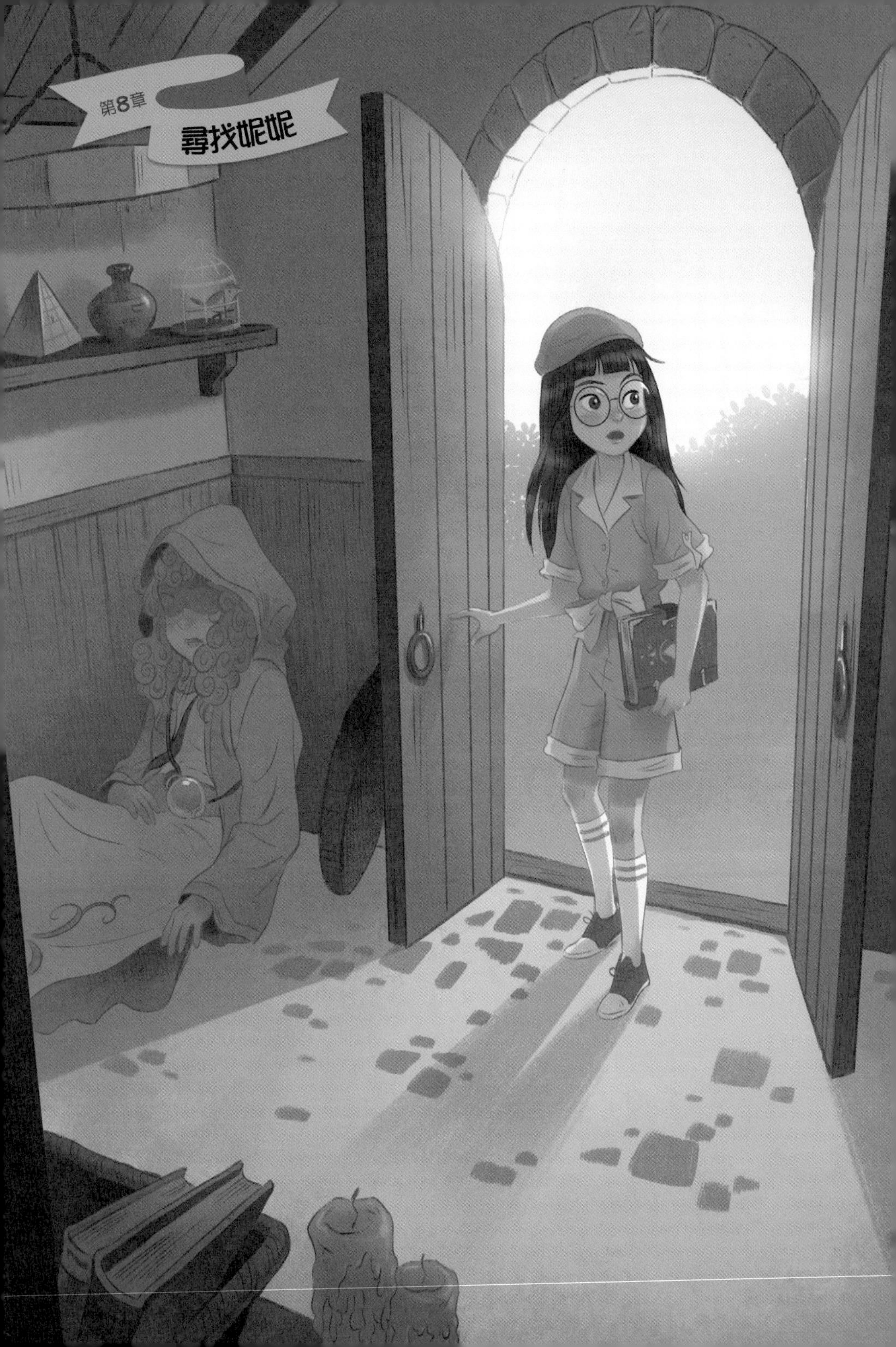

前一晚因為太疲勞而在森林裡睡著的佳妮，一醒來就踏上旅途，終於抵達了山谷魔法師的家。

　　「有人在嗎？」

　　佳妮小心翼翼的走進敞開門的房子裡，這時候，突然有東西用力抓住她的腳踝。

　　「啊啊啊！」

　　佳妮嚇得放聲大叫，原本倒在門後的山谷魔法師則搖搖晃晃的站起來。

　　「別叫了，我是山谷魔法師。多虧你的尖叫聲，我的腦袋清醒了一點，雖然現在耳朵有點痛。」

　　佳妮摸不著頭腦。「你為什麼倒在這裡？發生了什麼事？」

　　「昨天黑魔法師忽然闖進來，我來不及反應就中了他的魔法，昏倒了。直到今天早上醒來，才發現自己被他關進倉庫，當我逃出來時，黑魔法師已經離開了。」

葛蘭特，努特斯！

　　佳妮非常訝異，急忙追問：「那我妹妹呢？她昨天應該來過這裡找變成人魚的方法！」

　　山谷魔法師思考了一會兒才開口：「看來黑魔法師的目標是你妹妹，所以他冒充我，給了她假的變身藥水。」

　　佳妮急得像熱鍋上的螞蟻，山谷魔法師見狀，立刻念了一串咒語。

「我用僅剩的魔力幫你，你趕快去找你妹妹吧！」

佳妮的周圍突然颳起一陣狂風，先把她捲出山谷魔法師的家，然後飄浮到空中，最後迅速往下降落。

哇呀呀呀！

一眨眼，佳妮就到了海邊，接著逐漸消失的狂風中傳來山谷魔法師的聲音。

「我只能幫你到這裡，接下來你就自己摸索前往海洋王國的路吧！」

佳妮想了想，從魔法之書取出一艘手掌大小的潛水艇並放在海面上，等潛水艇變大，再坐進控制室。

「這樣對嗎？」佳妮手握方向盤，踩下踏板，潛水艇就往海底前進了。

當佳妮四處尋找妮妮的蹤影時，托米從魔法之書探出頭來。

「佳妮，你必須在黎明前解開妮妮身上的魔咒，不然她會變成泡沫消失！」

「那我要趕快找到妮妮！」

托米沒一會兒就消失了，佳妮則用力踩下踏板，讓潛水艇全速前進。

此時，前方傳來歡樂的歌聲，潛水艇的玻璃窗也隨著節拍震動起來。

猜想妮妮可能會在那裡，佳妮決定前往聲音的來源一探究竟。

停好潛水艇後，佳妮穿上從魔法之書拿出的潛水服並游向歌聲的來源，接著發現那裡聚集了許多人魚。

　　「哇啊！太酷了！」

　　佳妮很快便在人魚中發現了妮妮的身影，以及她的魚尾巴！

「妮妮，你變成人魚了！」

佳妮迅速游到妮妮身旁，接著一把抱住她。

相較於因為姐妹重逢而感動的佳妮，妮妮則面無表情的說：「姐姐，你也來海洋王國啦！」

「你這是什麼反應！你知道我有多擔心你嗎？」

妮妮冷淡的態度讓佳妮很難過，忍不住抱怨起來。

第9章

露出真面目

　　妮妮對佳妮的抱怨似乎充耳不聞。「聽說傳說的人魚會在慶典出現，她會實現在場某個人的願望，我們向她許願『找到黃金書籤』吧！」

　　「還有比這更重要的事！必須趕快解開你身上的魔咒，不然你明天早上就會變成泡沫消失！」佳妮大喊。

100

　　「糟糕了，該怎麼辦呢？」妮妮像機器人般，冷冰冰的說著。

　　佳妮上下打量妮妮好一會兒。「妮妮，你好奇怪，發生了什麼事？」

　　「我以為我不需要眼淚，所以用它和山谷魔法師交換變成人魚的藥水。」

「你遇到的是冒牌貨，是假扮成山谷魔法師的黑魔法師啊！」

聽到佳妮的話，妮妮依舊很平靜，沒有憤怒也沒有悲傷。

「難怪我失去的不只是眼淚，而是所有的情緒，一定是魔咒害的。」

這時候，佳妮和妮妮的周圍捲起了黑色的水花，接著尼奧出現在兩人面前。

「抱歉，我不是有意要偷聽。」尼奧說道。

尼奧的臉和身體有點黑，眼珠似乎變了顏色，表情也和之前完全不同，讓佳妮覺得眼前這個人魚男孩有點陌生。

「讓妮妮恢復原狀的方法只有一個。」

「什麼方法？」

「就是向傳說的人魚許願。跟我來，我帶你們去舉辦慶典的廣場。」

佳妮和妮妮跟在尼奧的身後，來到聚集許多人魚和海洋生物的地方。

　　人魚們圍成一圈，雙手合十，虔誠的祈禱，他們低聲念著希望傳說的人魚出現的祈禱文。尼奧、佳妮和妮妮也加入祈禱的行列。

　　傳說的人魚啊！
　　您正守護著海洋王國嗎？
　　若您聽到我們懇切的祈求，
　　請您務必降臨在此地！

　　過了一會兒，廣場上捲起巨大的水花及彩色的漩渦，人魚們紛紛停止祈禱，安靜的等待傳說的人魚現身。接著，廣場上傳來悅耳的嗓音，大家不禁拍起手來高聲歡呼。

海洋王國的居民們，
我應許你們懇切的祈求，
來到了這裡！

突然間，尼奧大聲喊道：「傳說的人魚，請賜予我們海洋王國最需要的東西吧！」

　　佳妮和妮妮非常疑惑，不懂為什麼尼奧沒許下讓妮妮恢復人形，或是讓哥哥回到海洋王國的願望。

　　姐妹倆還來不及詢問尼奧，廣場上就出現了一團水花，包覆著一個閃閃發亮的東西。

「為了保護海洋王國與范特西爾，請把這個東西交給正在尋找它的人吧！」傳說的人魚說完話，就從彩色的漩渦中消失了。

尼奧的眼睛一亮，大喊出聲：

「黃金書籤！」

尼奧的眼珠變成了鮮紅色，紫色魚身也混入一絲絲黑色。接著，他以迅雷不及掩耳的速度往前游，伸手一把抓住黃金書籤。

哈哈哈！黃金書籤終於落到我的手中了！

尼奧的聲音也變得不一樣了，佳妮仔細回想，發現是在安妮家的倉庫聽過的聲音。「你不是尼奧，你是……黑魔法師！」

尼奧張大嘴，吐出黑漆漆的液體，整個廣場瞬間瀰漫著令人作嘔的氣味，所有人都陷在可怕的黑暗中。

黑魔法師低沉且嘶啞的可怕聲音迴盪在整個海洋王國。

　　「妮妮，跟我來！」佳妮帶著妮妮逃向潛水艇。

　　「姐姐……救我……我……不能……呼吸……」

　　跟在佳妮身後的妮妮一直咳嗽，臉色也變得鐵青，看來黑魔法師吐出的黑色液體有毒。

　　「妮妮，撐住！」

　　因為被毒液侵蝕，佳妮的潛水服開始出現破洞，皮膚也染上了黑色，但她顧不得自己，趕緊從魔法之書拿出潛水頭盔讓妮妮戴上。

　　「你以為這樣做就能救你妹妹嗎？」

　　被黑魔法師控制的尼奧擋住佳妮和妮妮的去路。

「交出魔法之書！」

「住手！」

手持武器的人魚五姐妹出現在佳妮和妮妮面前，挺身對抗黑魔法師。

「尼奧的心智太軟弱，才會被黑魔法師控制。」

「這是為了保護海洋王國和范特西爾，尼奧也會覺得這是光榮的犧牲。」

「黑魔法師，做個了斷吧！」

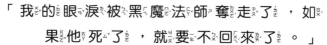「我的眼淚被黑魔法師奪走了，如果他死了，就要不回來了。」

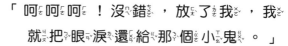「你說什麼？」

「呵呵呵！沒錯，放了我，我就把眼淚還給那個小鬼。」

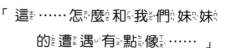「黑魔法師假扮成山谷魔法師，騙走了我的眼淚，如果不解開這個魔咒，我明天早上就會變成泡沫消失。」

「這……怎麼和我們妹妹的遭遇有點像……」

「你們和我一樣是姐姐，失去妹妹
　的痛苦，你們一定能明白！拜託
　你們幫幫忙！」

「我知道錯了，眼淚和其他情感是

　這麼珍貴，我不想失去它們！」

「好吧！黑魔法師，這次我們就饒
　了你。立刻把旅行者的眼淚還回
　來，並且離開尼奧的身體，不然
　你就和尼奧一起受死。」

面對人魚五姐妹來勢洶洶的圍
攻，黑魔法師決定不吃眼前虧，便化
成一陣黑煙從尼奧的身體裡出來，然
後繞了妮妮的身體一圈，隨即從人魚
五姐妹的五支武器間消失了。

等著瞧，我一定會報仇！

黑煙消失的瞬間，妮妮的眼睛睜得大大的，接著眼淚就像開啟水龍頭似的，不斷落下。佳妮看到妹妹流下眼淚，隨即安下心來，代表妮妮身上的魔咒解除，不會變成泡沫消失了。

　　妮妮胡亂抹去自己的眼淚，把昏倒的尼奧抱在懷裡。這時，她才發現尼奧身上到處都有黑色的傷痕。

　　妮妮哭著說：「對不起，都是因為我，如果我沒有來海洋王國，黑魔法師就不會追來了。」

　　聽到妮妮的聲音，尼奧緩慢的睜開眼睛。

　　「不是你的錯，是我中了黑魔法師的圈套。他說，只要我得到黃金書籤，他就會救我哥哥，所以我才……」

　　妮妮想起之前自己和尼奧的對話。

　　「現在我能體會你的感受了，見不到姐姐，我也會很傷心。」

　　就在此時，一道聲音插入妮妮和
尼奧之間。

　　「但是懲罰還是要分明。」

　　原來是人魚五姐妹。

「尼奧，你犯下使海洋王國陷入危險的罪，在藍月升起六次的期間，你就在扇貝之丘反省吧！」

「我還有一項罪名，我騙黑魔法師黃金書籤在山谷魔法師那裡，害她被波及。」

「原來如此。那你就在藍月升起七次的期間，都在扇貝之丘反省吧！」

「在此之前，記得親自向山谷魔法師道歉。」

「不過多虧你才能找到黃金書籤，所以懲罰減輕為在藍月升起三次的期間反省就好。」

「此外，我們知道你哥哥被關在懸崖監獄的事了。我們會發公文給沙灘王國，要求他們把你哥哥送回來。」

「太好了，謝謝你們！」

尼奧流下如釋重負的眼淚，妮妮也被影響而再次哭了起來，佳妮則在一旁安慰她。

這時候，妮妮的身上冒出了彩色水珠並捲起漩渦，接著她的人魚尾巴漸漸變成人類的腳。

「變身藥水失效，我要變回人類了！姐姐，怎麼辦？」

妮妮慌張的摀住口鼻，擔心自己待會兒就不能在水中呼吸了。

佳妮趕緊拿出魔法之書。「托米，幫幫我們！」

從魔法之書跳出來的托米，像剛抵達范特西爾時一樣，把佳妮和妮妮含進嘴巴又吐出來。然後姐妹倆就穿上托米特製的潛水服，可以在海裡呼吸和說話了。

廣場上的人魚們大聲歡呼。「慶典重新開始囉！」

佳妮和妮妮加入人魚和海洋生物的行列，一起唱歌、跳舞，盡情的享受慶典直到天亮。

後記
回到家人的懷抱

　　回到現實世界的時候，佳妮和妮妮站在社區的中庭呆愣了一會兒，才想起她們已經回來了，而她們在前往范特西爾前正準備和毛毛去散步……

　　妮妮東張西望，有些不安。「毛毛呢？」

　　佳妮抱著頭大叫：「毛毛不見了！妮妮，你去公園附近找，我去學校那邊找！」

　　妮妮馬上飛奔出去，佳妮則往另一個方向跑。

　　看到兩個大約小學一、二年級的學生走在路上，佳妮立刻問他們有沒有看到一隻迷路的小狗。

　　「我有看到。」

「你在哪裡看到的？」

佳妮急切的追問，小男孩則隨手一指。

「那邊有很多在散步的小狗。」

「大姐姐要找的是迷路的小狗，不是散步的小狗啦！」

眼看無法從這兩個小學生身上問到線索，佳妮正準備離開時……

「對了，小樂只養了一隻狗吧？」

「但是他今天帶了兩隻小狗散步。」

聽到兩個小學生的對話，佳妮睜大雙眼。「小樂是最近剛搬來，會帶一隻黑狗散步的男生嗎？」

兩個小學生點點頭。

「小樂在那裡。」

佳妮立刻轉過頭，正好看到妮妮和小樂各自把白色和黑色的小狗抱在懷裡，聊得很高興的樣子。

這時候，妮妮注意到佳妮，對小樂說了幾句話後，兩人便一起朝佳妮揮手。

「姐姐，我找到毛毛了，是小樂救了迷路的毛毛！」

看著平安無事的毛毛，以及開心笑著的妮妮和小樂，佳妮才終於鬆了一口氣。

「毛毛，我們去找姐姐！」

妮妮抱著毛毛撲進佳妮的懷中，佳妮也張開雙臂，輕輕擁抱親愛的家人。

深入叢林險境，勇敢抵抗黑魔法師的攻擊！

佳妮和妮妮進入有許多猛獸居住的叢林，不但遭到被黑魔法師施咒的草木攻擊，佳妮還被猴子綁架！妮妮可以和狼少年一起救出佳妮，並且找到黃金書籤嗎？

....

前情提要

佳妮和妮妮把收集來的黃金書籤都送回波普斯魔法圖書館了。

魔法圖書館1
拯救彼得潘

魔法圖書館2
愛麗絲的奇幻仙境

魔法圖書館3
阿拉丁與神燈

魔法圖書館4
綠野仙蹤黑魔法

魔法圖書館5
紅髮安妮的煩惱

魔法圖書館的群組

托米邀請佳妮和妮妮加入群組。

妮妮和人魚公主都擁有豐富的好奇心呢！對了，妮妮竟然變成人魚了！

是啊！我看到的時候真的好驚訝。

抱歉，讓你們擔心了，我還以為很快就能恢復原狀。不過進入故事中，我才明白人魚公主為什麼會做出那種選擇。

令人動容的美麗故事和神祕奇幻的海洋世界，我能理解為什麼安徒生說《人魚公主》是自己的代表作了。

沒錯，安徒生認為《人魚公主》是自己所寫出的「最感動的童話」，這部傑作讓小孩和大人都很喜歡，是世界級的經典名作。

在范特西爾，人魚公主就是傳說的人魚，她的五個姐姐則守護著海洋王國，真是太帥了！

當姐姐的人本來就很帥。

這次多虧姐姐幫了我，我就認同你的話吧！我都不知道原來眼淚那麼重要。

人們經常把眼淚形容成洗滌心靈的良藥，由此可知它的重要性。

說得真好！

我來更詳細的介紹寫了許多童話，超級帥氣的作家安徒生吧！

太棒了！

作者介紹

漢斯‧克里斯汀‧安徒生
Hans Christian Andersen

1805年4月2日～1875年8月4日
丹麥的作家、詩人

漢斯‧克里斯汀‧安徒生是丹麥的代表作家之一，也是為兒童文學打下基礎的重要作家，但他的生活並非一帆風順。安徒生一家人住在一間窄小的房子裡，熱愛文學的父親經常念故事給安徒生聽，但他卻在安徒生11歲那年過世，從此安徒生與母親相依為命。為了謀生，安徒生曾做過裁縫、紡織等工作。

14歲那年，想成為歌劇演唱家的安徒生來到哥本哈根，由於聲音好聽被劇團僱用，但沒過多久就因為變聲而失業。幸好之後得到賞識他的人的幫助，安徒生開始寫作，並進入學校學習，最後成功走上作家之路。

安徒生寫過遊記、詩集、小說等不同體裁的作品，童話則是先改寫自他小時候聽過的故事，後來才變成完全原創的故事。1835年，安徒生出版了童話集《講給孩子們聽的故事》，但是銷量非常差。不過安徒生沒有放棄，又陸續發表了許多童話，人們才逐漸被他筆下的故事吸引，進而被翻譯成超過150種語言在全球各地出版。

安徒生的童話中帶有人文色彩和哲學思考，正如他筆下的《醜小鴨》，雖然生活不順遂，但是他用刻苦學習換來了一番成就，被誤認為是鴨子的天鵝終於展翅高飛。

為了紀念安徒生的第一本童話集出版100週年而發行的郵票。

找出不同的地方

上下兩張圖共有 **7** 個地方不一樣，你能找到嗎？
答案在後面唷！

如果能變成故事中的人物，你想念念看魔咒嗎？
寫下你想像出來的魔咒吧！

國家圖書館出版品預行編目（CIP）資料

魔法圖書館 6 變身美人魚 / 安成燻作；李景姬繪；
石文穎譯 . -- 初版 . -- 新北市：大眾國際書局，
2022.12
136 面；15x21 公分 . -- （魔法圖書館；6）
譯自：간니닌니 마법의 도서관. 6, 인어가 된 닌니
ISBN 978-986-0761-85-6（平裝）

862.599   111016888

小公主成長學園CFF030

魔法圖書館 6 變身美人魚

作 者	安成燻
繪 者	李景姬
監 修	工作室加嘉
譯 者	石文穎

總 編 輯	楊欣倫
執 行 編 輯	李季芙
協 力 編 輯	徐淑惠
特 約 編 輯	林宜君
封 面 設 計	張雅慧
排 版 公 司	芊喜資訊有限公司
行 銷 統 籌	楊毓群
行 銷 企 劃	蔡雯嘉

出 版 發 行	大眾國際書局股份有限公司 大邑文化
地 址	22069 新北市板橋區三民路二段 37 號 16 樓之 1
電 話	02-2961-5808（代表號）
傳 真	02-2961-6488
信 箱	service@popularworld.com
大邑文化 FB 粉絲團	http://www.facebook.com/polispresstw

總 經 銷	聯合發行股份有限公司
	電話 02-2917-8022　　傳真 02-2915-7212

法 律 顧 問	葉繼升律師
初 版 一 刷	西元 2022 年 12 月
定 價	新臺幣 280 元
I S B N	978-986-0761-85-6

간니닌니 마법의 도서관 6 인어가 된 닌니
(Ganni and Ninni Sister's Journey to Magical Library 6- Ninni, Who became a Mermaid)
Copyright © 2021 스튜디오 가가 (STUDIO GAGA, 工作室加嘉), Story by 안성훈 (Ahn
Seonghoon, 安成燻), Illustration by 이경희 (Lee Kyounghee, 李景姬)
All rights reserved.
Complex Chinese Copyright © 2022 by Popular Book Co., Ltd.
Complex Chinese translation Copyright is arranged with Book21 Publishing Group
through Eric Yang Agency

大邑文化讀者回函

謝謝您購買大邑文化圖書，為了讓我們可以做出更優質的好書，我們需要您寶貴的意見。回答以下問題後，請沿虛線剪下本頁，對折後寄給我們（免貼郵票）。日後大邑文化的新書資訊跟優惠活動，都會優先與您分享喔！

✎ 您購買的書名：_____

✎ 您的基本資料：

姓名：_____，生日：____年____月____日，性別：□男　□女

電話：_____，行動電話：_____

E-mail：_____

地址：□□□-□□_____縣／市_____鄉／鎮／市／區
_____路／街_____段_____巷_____弄_____號_____樓／室

✎ 職業：

□學生，就讀學校：_____，_____年級

□教職，任教學校：_____

□家長，服務單位：_____

□其他：_____

✎ 您對本書的看法：

您從哪裡知道這本書？□書店　□網路　□報章雜誌　□廣播電視

□親友推薦　□師長推薦　□其他_____

您從哪裡購買這本書？□書店　□網路書店　□書展　□其他_____

✎ 您對本書的意見？

書名：□非常好□好□普通□不好　　封面：□非常好□好□普通□不好

插圖：□非常好□好□普通□不好　　版面：□非常好□好□普通□不好

內容：□非常好□好□普通□不好　　價格：□非常好□好□普通□不好

✎ 您希望本公司出版哪些類型書籍（可複選）

□繪本□童話□漫畫□科普□小說□散文□人物傳記□歷史書

□兒童/青少年文學□親子叢書□幼兒讀本□語文工具書□其他_____

✎ 您對這本書及本公司有什麼建議或想法，都可以告訴我們喔！

_____

_____

_____

大邑文化

新北市汐止區三民路二段 37 號 16 樓之 1

220-69

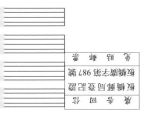

廣告回信
板橋郵局登記證
板橋廣字第 987 號
免貼郵票

寄件人地址：□□□-□□

縣/市 鄉/鎮/市/區 路/街

段 巷 弄 號 樓/室

大邑文化

服務電話：（02）2961-5808（代表號）
傳真專線：（02）2961-6488
e-mail：service@popularworld.com
大邑文化 FB 粉絲團：http://www.facebook.com/polispresstw

第60頁的答案。

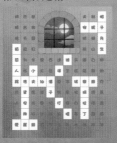

第128頁的答案。